Für Salima Lilly Rosa El Kurdi.
Und für Ulrike natürlich.

© 2015 by Carlsen Verlag GmbH, 22703 Hamburg
Alle deutschen Rechte vorbehalten.
Lektorat: Frank Kühne
Herstellung: Bettina Oguamanam
Lithografie: Buss & Gatermann, Hamburg
Druck und Bindung: Livonia Print, Riga
ISBN 978-3-551-51866-8
Printed in Latvia

Carlsen-Newsletter: Tolle neue Lesetipps kostenlos per E-Mail!
www.carlsen.de

Carlsen-Bücher gibt es überall im Buchhandel oder auf carlsen.de.

BETTMÄN
kann nicht schlafen

Eine Geschichte von Hartmut El Kurdi
mit Bildern von Marine Ludin

CARLSEN

Mein Vater zum Beispiel ist erstens mein Vater und zweitens der Mann von meiner Mutter und drittens dann noch so ein Bürodings. Also: er arbeitet im Büro. Das war's dann auch schon.

Meine Mutter ist meine Mutter, die Frau von meinem Vater und Krankengymnastin, das heißt, sie macht mit Leuten so Übungen, wenn die Rückenschmerzen haben.

Manchmal sind die beiden zusammen auch ein Liebespaar.
Das ist dann eher peinlich. Aber auch ein bisschen schön.
Kinder sind viel mehr.

Wenn ich morgens aufstehe, bin ich
ein schlecht gelaunter Grizzlybär, der
grade aus dem Winterschlaf erwacht.
Beim Frühstück bin ich der Geheimagent NullNullSascha,
der die Leute, bei denen er wohnt, überwachen muss.
Und der aufschreibt, wenn sie mal wieder zu viel rumknutschen.

Wenn ich rausgehe, bin ich der Piratenkapitän Hakenhirn, der vom Schiff gefallen ist, angespült wurde und sich nun alleine an Land durchschlagen muss.

Wenn ich Fußball spiele, bin ich Pelé. Das war der größte Fußballspieler der Welt. Den kennt heute keiner mehr, weil er schon lange tot ist. Oder zumindest sehr alt.

Und wenn ich mit François Mitterrand, dem Hund von unserer Nachbarin, spazieren gehe, bin ich „Der große Zamperini", ein weltbekannter Pudel- und Promenadenmischungsdompteur ...

ZIEL

zzz

Cookies

Außerdem bin ich noch: Computerspezialist, Neurochirurg, Rennhamsterzüchter, Kekstester, Formel-1-Fahrer und manchmal, wenn ich ganz still auf dem Stuhl sitze, bin ich Sitting Bull, der berühmte Indianerhäuptling.
Aber nachts …

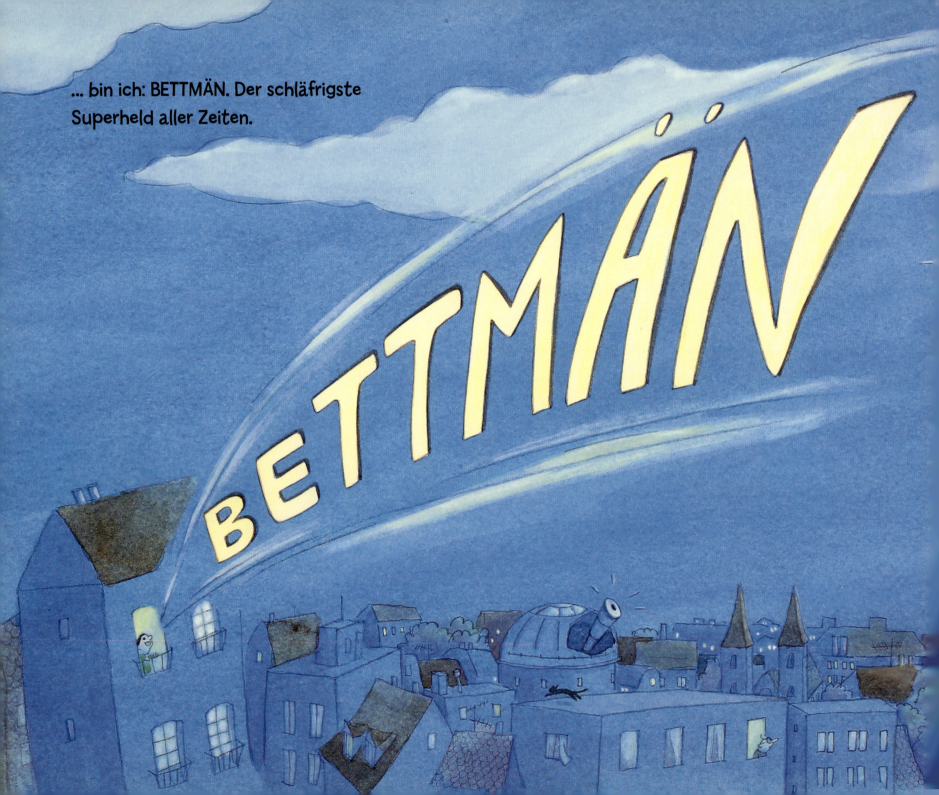

... bin ich: BETTMÄN. Der schläfrigste Superheld aller Zeiten.

Es fängt immer damit an, dass Mama oder Papa
so gegen sieben oder acht sagen:

SO, SASCHA,
BETTZEIT, ABFLUG!

Das mit dem „Abflug" sagen sie nur zum Spaß.
Das heißt, ich soll mich beeilen. Dass ich nachts
wirklich fliegen kann, wissen sie nicht.

Dann kommt das Übliche: Zähne putzen,
Gesicht waschen, Schlafanzug an, drei Mal
pullern gehen, manchmal auch vier Mal.
Wenn ich Glück habe, kriege ich noch
was vorgelesen, Licht aus – und dann
geht's los ...

Ich bin zwar müde, schreck-
lich müde, kann aber nicht
schlafen. Weil ich aufgeregt
bin. Wegen allem Schönen
und Doofen, Netten und
Hässlichen, das mir am Tag
passiert ist. Ich liege da und
mein Kopf brummt, summt und
schwurbelt. Und das Einzige, was
gegen das Nichtschlafenkönnen
hilft, ist: Heldentaten begehen. Also
schlage ich meine Bettdecke zurück –
und was sehe ich?

Statt des Schlafanzuges mit den Delfinen drauf trage ich nun mein Superheldenkostüm mit dem großen „B" für „Bettmän" auf der Brust. Dazu meinen Superhelden-Umhang und die kombinierten Superhelden-Kletter-Flieg-und-Sieg-Stiefel.

Ich springe aus dem Bett, mache mich kurz warm, damit ich mir beim Heldentaten-begehen nichts zerre, und dann fliege ich durch das offene Fenster in die Nacht ...

WARTEZEIT

regelmäßiges Schlagen

höchste Konzentration

lockere Beine

Bevor man als Superheld eine Heldentat begehen kann, muss man erst mal
ein bisschen in der Luft herumhängen. Bis man jemanden um Hilfe rufen hört.
Das Rumhängen ist gar nicht so einfach, weil man dabei auf der Stelle fliegen muss.

So wie ein Kolibri oder eine Libelle. Aber wenn man lange genug übt, geht's.
Man muss nur aufpassen, dass man dabei nicht einschläft. Wenn man einschläft,
kann man nicht mehr fliegen und knallt auf den Boden ... Das tut weh.

Doch dann plötzlich
hört man ihn, den Hilferuf.
Zum Beispiel von panischen
Eltern: „Hilfe, Hilfe, unser Kind!"
Augenblicklich spannt sich jeder
Muskel in meinem Körper an, ich
schalte in den ersten, dann in den
zweiten und schließlich dritten
Superheldengang - und fliege
mit Superbettgeschwindig-
keit los ...

Ein Superheld im Einsatz hat ungefähr die gleichen Rechte wie ein Krankenwagen oder ein Polizeiauto. Also: immer Vorfahrt beziehungsweise Vorflug.

Alle müssen ihm Platz machen. Besonders Eulen und Glühwürmchen, die nachts ja viel unterwegs sind, müssen aufpassen, dass sie nicht von einem Superhelden übergemangelt werden ...

HILFE!

Man fliegt zum Ende des Daches, bleibt dann wieder kolibrihaft in der Luft stehen — als Verlängerung des Dachfirstes.

Da ist es! Mein Rettungsobjekt! Ganz klar, es ist ein „S.K.A.D.", ein „schlafwandelndes Kind auf Dach". Normalerweise ein leichter Fall.

Das S.K.A.D. (schlafwandelnde Kind auf Dach) kann dann einfach weiterlaufen. Auf meinem Rücken.

Und wenn das Kind dann auf meinem Rücken steht, mache ich eine kleine ruckartige Bewegung und -ZACK!- sitzt es auf mir wie auf einem Shetlandpony - und ich kann das Kind sicher auf den Boden zurückbringen.

Aber dieser Fall ist anders. Dieser Fall ist schwierig. Das sehe ich auf den ersten Blick: Es handelt sich um ein Artistenkind im Zirkus-Winterlager. Das Mädchen schlafwandelt auf einem Einrad. Oben auf einem dreistöckigen Haus. Noch fährt sie auf dem Dach auf und ab. Aber die Eltern wissen, was gleich passieren wird.

Bettmän, du musst uns helfen. Gleich macht sie ihren Trick: den dreifachen Topolino. Aber im Zirkus fährt sie dabei auf dem Hochseil, da hat sie mehr Zeit und Luft. Und nach dem dritten Salto landet sie dann unten im Sicherheitsnetz.

Aber hier ...

KLAPP KLAPP KLAPP KLAPP KLAPP KLAPP
KLAPP KLAPP
KLAPP KLAPP
KLAPP KLAPP
KLAPP KLAPP
KLAPP
KLAPP
KLAPP KLAPP KLAPP KLAPP KLAPP KLAPP

... hier gibt es kein Sicherheitsnetz!
Jetzt heißt es:

1. Müdigkeit vertreiben

2. Bett-Energie sammeln

3. Blitzschnell im Kopf Einrad-Salto-Bahnen und Abrollwinkel berechnen

4. Jetzt noch meine Titelmelodie: Dadadndadnda – Beeeetttttmäääääään!

Und 5.: Los geht's!

Ich muss mich beeilen. Denn jetzt fährt Salima - so heißt das Mädchen - auf das Ende des Daches zu.
Ich fliege auch dorthin, bleibe in der Luft stehen, aber nicht waagerecht, diesmal bin ich eine Start-
rampe. Damit Salima nicht einfach über mich drüberrast und auf den Boden knallt,
bevor sie ihre drei Saltos gemacht hat. Ich zeige schräg nach oben. Und da kommt
sie auch schon, saust über meinen gestreckten Körper und schießt hoch
in die Luft. Dadurch gewinnt sie bestimmt zehn Meter
an Höhe. Sie macht ihren ersten Salto. Ihren zweiten.
Ihren dritten. Ich schaue fasziniert zu ...

Aber da muss ich auch schon wieder ran:
Diesmal bleibe ich mit den Armen schräg
nach unten zeigend in der Luft stehen.
Ich bin eine Abfahrtsrampe, damit sie
nicht einfach senkrecht herunterdonnert.

Sie landet mit
dem Einrad auf mir und
rollt diagonal dem Boden zu. Immer noch
in einem Affentempo. Doch kurz bevor sie unten
ankommt, setze ich eine weitere meiner Bettmän-Superheldenfähigkeiten
ein. Ich verwandele mich blitzschnell in ein gemütliches, rosanes, weiches
Kuschelbett. Und Salima knallt voll in die Daunen. Mit Karacho und Schmackes.
Aber sicher und unverletzt.

Das hätte ich natürlich auch gleich machen können, ohne die Sprungschanzen-
nummer: Sie rollt vom Dach und plumpst ins Bett. Fertig.
Aber hey: Erstens wäre das zu einfach gewesen und zweitens hätte ich dann den dreifachen
Topolino nicht gesehen. Ein bisschen Spaß muss die Superheldensache schon machen ...

Die Eltern sind natürlich glücklich, dass
die Schwarte kracht. Sie jubeln,
nehmen ihre Tochter in den Arm.
Salima hat von allem nix mitbekommen.
Die hat ja geschlafen.
Jetzt ist sie aufgewacht.

Nachdem ich mich zurückverwandelt habe,
bedanken sich die Eltern überschwänglich
bei mir. Ich aber sage bescheiden:

Keine Ursache,
dafür bin ich
ja da!

Aber innen drin
finde ich mich auch
ein bisschen toll. Ich
schüttele allen die Hand
und fliege zurück nach Hause ...

Und dann ist Bettmän wirklich müde. Und Sascha auch. Ich bin so müde, dass ich keine einzige, winzige Heldentat mehr begehen kann. Jetzt kann ich nur noch in einen gigantisch tiefen Superheldenschlaf fallen. So tief, dass mich niemand wecken kann, bevor ich endgültig ausgeschlafen habe. Und das kann dauern.

Lieber Bettmän,

danke, dass Du mich gerettet hast.
Falls ich Dir mal aus der Patsche
helfen soll, sag Bescheid.
Superhelden brauchen doch
bestimmt auch manchmal Hilfe.

Deine Salima

P.S. Wenn ich nicht grade schlafwandele,
bin ich ziemlich auf Zack.

© Nina Stiller

Hartmut El Kurdi wurde 1964 in Amman/Jordanien geboren und wuchs in London und Kassel auf. Nach einem kulturwissenschaftlichen Studium lebt er heute mit Frau und Kind in Hannover. Er schreibt Theaterstücke und Geschichten für Kinder und Erwachsene sowie satirische Kolumnen. Bei Carlsen ist außerdem sein Bestseller „Angstmän" erschienen. www.hartmutelkurdi.de

© Privat

Marine Ludin ist Französin und lebt und arbeitet als Illustratorin seit Jahren in Heidelberg. Sie hat an der École Nationale Supérieure d'Art in Nancy und an der HAW in Hamburg studiert und seit 2007 schon zahlreiche, darunter auch prämierte Kinderbücher illustriert.